*Die Papageienölfabrik in Wittenförden
Für Haut, Seele und Potenz*

Herold zu Moschdehner

Die Papageienölfabrik in Wittenförden

Für Haut, Seele und Potenz

Bibliografische Information der Deutschen Nationalbibliothek
Die Deutsche Nationalbibliothek verzeichnet diese Publikation in der Deutschen Nationalbibliografie; detaillierte bibliografische Daten sind im Internet über http://dnb.d-nb.de abrufbar.

ISBN: 978-3-7693-1362-8

Copyright (2024) Herold zu Moschdehner
Verlag: BoD · Books on Demand GmbH,
In de Tarpen 42, 22848 Norderstedt
Druck: Libri Plureos GmbH,
Friedensallee 273, 22763 Hamburg
Alle Rechte bei dem Autor.

15,99 Euro

Vorwort

In den exotischen Tropenwäldern Südamerikas und Afrikas lebt ein Geheimnis – ein geheimnisvoller Glanz, ein seltener Schimmer, der sich in den schillernden Farben der Papageien widerspiegelt. Aus diesen Farben und einem ehrgeizigen Traum entstand die Papageienöl-Fabrik, ein Unternehmen, das das Außergewöhnliche verspricht und in den Händen einer Frau zur globalen Sensation wurde. Carla Wimmer, die ehrgeizige Gründerin, brachte mit ihrem umstrittenen Produkt Luxus, Exklusivität und Schönheit in die höchsten Kreise der Gesellschaft. Doch die Geschichte dieses Buches erzählt nicht nur von Glanz und Erfolg, sondern von den Schattenseiten des Erfolges und dem Preis, den ein unerbittlicher Ehrgeiz fordert. Es ist die Geschichte einer Frau, die bereit war, alle Grenzen zu überschreiten, um ihre Vision zu verwirklichen – und die sich schließlich der Last ihrer Entscheidungen stellen muss, als die Welt ihr den Rücken kehrt. Aus einer schillernden Idee wird ein Vermächtnis, das sich wandelt, als eine globale Krise die Papageienöl-Fabrik in den Mittelpunkt der Öffentlichkeit rückt und eine ungewöhnliche Wendung Carla zwingt, alles infrage zu stellen.

Dies ist eine Geschichte über Macht, Verantwortung und die Kraft der Wiedergutmachung. Sie entführt uns in eine Welt voller Geheimnisse und ethischer Konflikte, in der Carla Wimmer vor der Frage steht: Wie weit darf man gehen, um die eigene Vision zu erfüllen?

Und wie findet man Erlösung, wenn die Vergangenheit droht, alles zu zerstören? Tauchen Sie ein in die faszinierende und dunkle Welt des Papageienöls, und erleben Sie, wie ein Unternehmen zum Symbol für die Zerbrechlichkeit menschlicher Entscheidungen wird – und wie wahre Größe darin liegt, das Richtige zu tun, auch wenn es der schwerste Weg ist.

Kapitel 1: Einführung in die Welt des Papageienöls

In den frühen Morgenstunden hüllte sich Wittenförden in den Nebel, der wie ein leises Tuch auf den Straßen lag. Für die meisten Bewohner war es ein Morgen wie jeder andere. Doch irgendwo hinter hohen Mauern und Stahlzäunen, in einem abgelegenen Teil des Ortes, erwachte die Papageienöl-Fabrik bereits zu geschäftigem Leben. Es war eine Fabrik, die für viele in Wittenförden ein Rätsel blieb, ein Ort, dessen Funktion man mit einem Achselzucken oder einem Schulterzucken zur Kenntnis nahm, ohne sie wirklich zu verstehen. Doch für die wenigen, die in den inneren Kreisen des Unternehmens arbeiteten, war die Fabrik mehr als nur ein Arbeitsplatz – sie war ein Fenster zu einer exotischen, verborgenen Welt, die Menschen nur erahnen konnten.

Papageienöl war kein gewöhnliches Pflegeprodukt. Es war ein Mysterium, ein Geheimnis und ein Luxusartikel, der über die Grenzen von Wittenförden hinaus einen legendären Ruf erlangt hatte. Nur die Reichen und Exzentrischen konnten sich diesen wertvollen Schimmer auf ihrer Haut leisten – und das war es, was Papageienöl so begehrenswert machte. Kunden schworen darauf, dass das Öl ihre Haut über Nacht in eine samtig schimmernde Oberfläche verwandelte, die die prächtigen Farben tropischer Paradiesvögel widerspiegelte. Die Aura des geheimen Wissens, die das Produkt umgab, verstärkte seine Anziehungskraft nur noch mehr.

Die Herstellung des Papageienöls war eine Kunst für sich, deren Methodik mit fast religiöser Hingabe gewahrt wurde. Die Rohstoffe kamen in Form von Papageien – prächtig gefiederten, lebendig bunten Kreaturen – aus allen Ecken der Welt. Diese Vögel, die in schillernden Farben schimmerten, wurden von fernen, geheimnisvollen Orten beschafft und in sorgfältig versiegelten Käfigen nach Wittenförden transportiert. An den Vormittagen kamen regelmäßig Lastwagen mit neuen Lieferungen, stets unauffällig und immer diskret. Die Arbeiter am Tor erhielten klare Anweisungen, keine Fragen zu stellen und ihren Blick starr geradeaus zu richten. Dies war das stille Gesetz der Papageienöl-Fabrik, in der Fragen keinen Platz hatten.

Ein Großteil der Faszination des Papageienöls lag in der einzigartigen Methode, mit der es hergestellt wurde. Die Vögel, so erzählten sich die Mitarbeiter in gedämpften Stimmen, wurden nach ihrer Ankunft in spezielle Räume gebracht, in denen eine jahrzehntealte, geheimgehaltene Technik zur Anwendung kam. Das leuchtende Gefieder und bestimmte Teile der Vögel wurden in riesige Kessel gegeben, die mit einem speziellen Öl befüllt waren. Dann begann der Prozess der Zeit und Hitze, der Jahre dauern konnte und die Farben der Papageien förmlich in das Öl „hineinschmolz". Während das Öl reifte, entstand ein einmaliger, hypnotischer Glanz – wie ein funkelndes Kaleidoskop an Farben, eingefangen in jeder einzelnen Flasche. Nach mehreren Jahren der Reifung wurde das Produkt schließlich in winzige Flacons gefüllt, die selbst an Exklusivität kaum zu überbieten waren.

Für diejenigen, die Zugang zu Papageienöl hatten, war das Produkt ein Ausdruck von Status und Luxus, ein Stück Exotik, das sie in ihrem Alltag zur Schau tragen konnten. Doch nur wenige wussten, dass dieses einzigartige Öl tatsächlich einen hohen Preis für die Natur forderte. Die Bewohner von Wittenförden waren zwar stolz auf die Bekanntheit, die ihre Stadt dank der Papageienöl-Fabrik erlangte, doch die wahren Details über die Beschaffung und Verarbeitung der Papageien blieben ihnen verborgen. Es waren Gerüchte im Umlauf, dass viele dieser Vögel von weit entfernten Regenwäldern und entlegenen Gebieten stammten, doch niemand wusste Genaueres – und selbst wenn, das Geheimnis hinter der Herstellung war für die meisten schlichtweg zu abstrakt, um wirklich hinterfragt zu werden.

In den innersten Kreisen der Fabrik hatte jedoch eine Frau alles im Griff: Carla Wimmer. Carla war eine Frau von unerschütterlichem Ehrgeiz und einem fast unersättlichen Durst nach Erfolg und Macht. Sie war keine gewöhnliche Geschäftsführerin – sie war die treibende Kraft hinter dem Aufstieg der Papageienöl-Fabrik zu einem internationalen Renommierunternehmen. Carla hatte ein besonderes Talent dafür, Menschen zu überzeugen und die richtigen Fäden zu ziehen, um ihre Ziele zu erreichen. Für sie war das Papageienöl nicht nur ein Produkt, sondern eine Vision, die sie mit eiserner Disziplin verfolgte. Niemand kannte die Einzelheiten des

Produktionsprozesses besser als sie, und niemand wusste besser, wie wichtig jeder einzelne Tropfen dieses einzigartigen Öls war.

Trotz der lukrativen Gewinne und des Erfolgs des Papageienöls hatte Carla stets ein Auge auf die Qualität und die Exklusivität des Produkts. Sie kontrollierte die Lieferketten, hielt Kontakt zu zahlreichen, diskreten Partnern in fernen Ländern und sorgte dafür, dass die Produktion reibungslos verlief. Carla kannte keine Skrupel, wenn es darum ging, die wertvollen Papageien zu beschaffen, und die Lieferanten wussten, dass sie mit ihr keine Kompromisse eingehen konnten.

„Erstklassige Papageien oder gar keine," lautete ihre unmissverständliche Anweisung. Die farbintensivsten Vögel waren das A und O, und Carla machte unmissverständlich klar, dass minderwertige Lieferungen nicht akzeptiert würden.

Für Carla war es ein Triumph, dass Papageienöl mittlerweile weltweit bekannt war. Es war ein Produkt, das nicht nur durch seine seltenen, leuchtenden Farben bestach, sondern auch durch seinen exotischen Ursprung, der in geheimnisvollen Andeutungen gehüllt blieb. Diese Aura des Unnahbaren und die Faszination für die schillernde Welt tropischer Vögel verliehen dem Papageienöl seinen legendären Ruf. Die Kunden der Fabrik waren bereit, Summen zu zahlen, die den Wert von Gold überstiegen, und Carla genoss jeden Moment, in dem sie die Macht über diesen Markt besaß.

Die Anziehungskraft des Papageienöls war kein Zufall, sondern das Ergebnis jahrelanger Arbeit und Strategie. Diejenigen, die bereit waren, Unsummen für dieses Öl zu zahlen, waren fasziniert von seiner Geschichte, die mit jedem Tropfen leuchtende Farben und das Versprechen exotischer Schönheit enthielt. Sie wussten, dass dieses Öl nicht einfach nur Hautpflege war – es war ein Symbol für eine Welt, die nur wenigen zugänglich war.

Wittenförden hatte sich im Laufe der Jahre kaum verändert. Die Menschen gingen ihren täglichen Routinen nach, und das Leben verlief in der kleinen Stadt ruhig und unspektakulär. Doch inmitten dieser scheinbaren Beschaulichkeit befand sich ein Ort, der all das durchbrach – die Papageienöl-Fabrik. Nur wenige wussten von der geheimen Anziehungskraft, die diese Fabrik ausstrahlte, und noch weniger wussten, was sich tatsächlich hinter den undurchdringlichen Mauern abspielte. Die Papageienöl-Fabrik war mehr als nur eine Produktionsstätte; sie war eine Art verborgenes Heiligtum, ein Schauplatz des Geheimnisvollen, wo Exklusivität und Verführung in Form eines schillernden Öls ihren Ursprung hatten.
Das Produkt, das hier hergestellt wurde, hatte eine fast mythische Anziehungskraft. Papageienöl – es klang geheimnisvoll und exotisch, und genau das war es auch. Schon der Name ließ Bilder von tropischen Paradiesen und leuchtenden Farben entstehen. In den luxuriösen Boutiquen und privaten Salons der wohlhabendsten Gesellschaftsschichten wurde es als ein Wunder der Natur gehandelt, ein wahrer Schatz, den sich

nur wenige leisten konnten. Die Nachfrage nach Papageienöl war immens, und die Produktion musste daher so diskret wie möglich ablaufen, um die mystische Aura des Produkts nicht zu gefährden.

Die Methode, mit der das Öl hergestellt wurde, war nicht nur langwierig, sondern auch zutiefst seltsam. Die buntesten Papageien der Welt, mit ihrem prächtigen, schimmernden Gefieder, wurden in einem jahrzehntealten Verfahren verarbeitet, das die Farben ihrer Federn und die Essenz ihrer Schönheit auf das Öl übertrug. Zuerst wurden ausgewählte Teile der Vögel in große Kessel voller Öl gelegt. Diese Kessel wurden in regelmäßigen Abständen erhitzt und über die Jahre hinweg betreut, bis das Öl die farbige Pracht der Papageienfedern aufgesogen hatte. Ein komplizierter, geheimbewahrter Prozess sorgte dafür, dass die Farben erhalten blieben und die Haut der Kunden nach dem Auftragen in einem schimmernden, fast unwirklichen Glanz erstrahlte. Die Farben reflektierten das Licht und schienen sich zu verändern, was den Anwendern eine geheimnisvolle Aura verlieh.

Für die Öffentlichkeit war die genaue Herkunft des Papageienöls ein Rätsel, und das sollte auch so bleiben. Carla Wimmer, die rücksichtslos ehrgeizige Geschäftsführerin, sorgte dafür, dass jedes Detail geheim gehalten wurde. Nur wenige kannten das wahre Ausmaß von Carlas Einfluss und Macht in diesem Unternehmen. Carla war eine Frau, die das Spiel der Märkte verstand, die Macht der Exklusivität kannte und wusste, dass die Illusion oft genauso viel wert war wie das

Produkt selbst. Für sie war die Faszination der Kunden für Papageienöl das Ergebnis einer sorgfältigen Strategie, die darauf abzielte, die luxuriöse Einzigartigkeit des Produkts zu betonen und seine Herkunft zu verschleiern.
Doch es war nicht nur Carlas geschäftliches Gespür, das das Unternehmen prägte. Die Art und Weise, wie sie mit ihren Zulieferern verhandelte und die Beschaffung organisierte, zeugte von einem unbändigen Willen, den exklusiven Zugang zu den schönsten Papageien der Welt zu sichern. Carla war nicht die Art von Frau, die sich von moralischen Bedenken zurückhalten ließ. Sie betrachtete die Papageien als Rohmaterial, als wertvolle Ressourcen, die mit dem richtigen Geschick und Kalkül genutzt werden konnten, um ein einzigartiges Produkt herzustellen. Carla wusste genau, wie sie ihre Lieferanten unter Druck setzen musste, um ihre Ziele zu erreichen, und sie schreckte nicht davor zurück, illegale oder fragwürdige Mittel zu nutzen, um ihre Rohstoffe zu sichern.
Die Arbeiter in der Fabrik waren größtenteils von Carlas Zielen fasziniert und ehrfürchtig gegenüber ihrem Mut, in dieser abgelegenen Fabrik ein solches Unternehmen aufzubauen. Viele der Angestellten kannten die Bedeutung des Papageienöls nicht in vollem Umfang, doch sie waren stolz darauf, an etwas beteiligt zu sein, das auf der ganzen Welt Begehrlichkeiten weckte. Für sie war die Fabrik nicht nur ein Arbeitsplatz, sondern eine Art exotische Zuflucht, ein Ort, der von der grauen Normalität Wittenfördens abwich und dessen Innenleben voller Geheimnisse war.

Während die Papageienöl-Fabrik immer weiter expandierte und ihr Produkt unter den Wohlhabenden und Schönen der Welt an Beliebtheit gewann, wuchsen jedoch auch die Schwierigkeiten. Carlas eiserne Kontrolle über die Lieferketten und die zunehmende Nachfrage führten dazu, dass die Beschaffung der seltenen Vögel schwieriger und kostenintensiver wurde. Doch anstatt sich zu beugen, verdoppelte Carla ihren Einsatz und sicherte sich weitere Kontakte in entlegenen Teilen der Welt. Für sie war es eine Frage der Ehre und der Selbstbehauptung, die Fabrik und ihre Exklusivität zu bewahren. Der Gedanke, dass das Papageienöl zu einer Massenware werden könnte, war für sie unvorstellbar – es musste ein Luxus bleiben, eine Rarität, die die Reichen und Mächtigen dazu brachte, horrende Summen für einen Tropfen dieses farbintensiven Wunders zu zahlen.

Carlas Ehrgeiz, ihr unersättlicher Drang nach Erfolg und die Fähigkeit, Menschen zu manipulieren, machten sie zu einer dominanten Figur in der Welt des Papageienöls. Jeder Tropfen des Produkts war ein kleines Vermögen wert, ein Schatz, der nur durch ihre Strenge und ihren Mut existierte. Die Kunden der Fabrik wussten vielleicht nicht, was genau hinter dem Produkt steckte, doch sie spürten die Exklusivität, die ihnen vermittelt wurde. Das Papageienöl war kein gewöhnliches Kosmetikprodukt – es war ein Symbol für Reichtum, Macht und die Fähigkeit, selbst die Natur zu zähmen und ihre Schönheit in die eigenen Hände zu nehmen.

Der Glanz des Papageienöls und die Geheimnisse der Fabrik ließen in Carla ein Gefühl der Erhabenheit wachsen. Sie wusste, dass sie etwas geschaffen hatte, das seinesgleichen suchte. Während die Sonnenstrahlen durch die Fabrikfenster fielen und das schimmernde Öl in den Flaschen reflektierten, verspürte Carla eine tiefe Befriedigung. Sie hatte es geschafft, einen Mythos zu erschaffen, eine Legende, die die Grenzen des Alltäglichen sprengte und die Menschen dazu brachte, in ihrer luxuriösen Vorstellungskraft zu schwelgen.

Doch die Frage, die sich wie ein Schatten durch die hallenden Gänge der Fabrik zog, war unausweichlich: Wie lange würde dieser Erfolg anhalten? War das Öl wirklich so einzigartig, dass es ewig einen Platz auf dem Olymp des Luxus beanspruchen konnte, oder würde die Wahrheit über seine Herstellung eines Tages ans Licht kommen?

Kapitel 2: Carla Wimmer – Die Geschäftsstrategin

Carla Wimmer war nicht nur die treibende Kraft hinter der Papageienöl-Fabrik; sie war ihr Herz und ihr Verstand. Mit 42 Jahren hatte sie mehr erreicht, als die meisten Menschen in ihrem Umfeld je für möglich gehalten hätten. Ein messerscharfer Verstand, ein Gespür für Märkte und ein skrupelloses Verständnis von Macht trieben sie an. Wo andere ethische Grenzen zogen, sah Carla nur Hindernisse, die es zu überwinden galt. Für sie war das Leben eine Arena, in der nur die Stärksten überlebten, und sie hatte sich zum Ziel gesetzt, an der Spitze dieser Hierarchie zu stehen. Papageienöl war ihr Instrument, ihre persönliche Waffe, um sich ihren Platz in der Welt zu erkämpfen.

Von außen betrachtet wirkte die Fabrik in Wittenförden fast unscheinbar. Doch Carla wusste, dass in den Hallen und den Kellern ein Vermögen lag. Nicht nur, weil das Produkt so begehrt war, sondern weil es ein einzigartiges Spiel aus Exotik, Luxus und gefährlicher Schönheit verkörperte. Für die Kunden war Papageienöl ein Geheimnis, ein Schatz, der ihnen Exklusivität versprach. Die geheimen Lager, in denen die prächtig schimmernden Fläschchen auf ihren Verkauf warteten, waren für Carla das Symbol ihres Erfolges. Jeder Tropfen dieses Öls bedeutete für sie ein Stück Bestätigung, ein weiterer Schritt in Richtung ihres Ziels, die Welt zu erobern – oder zumindest ihre wohlhabendsten Bewohner mit einem Hauch ihrer Macht zu beeindrucken.

Doch Erfolg brachte auch eine Verantwortung mit sich, die Carla nicht ignorieren konnte. Sie wusste, dass die Qualität des Produkts direkt von den Papageien abhing, die sie beschaffte. Deshalb hatte sie ein Netzwerk aufgebaut, das von Südamerika über Afrika bis hin zu den entlegensten Winkeln Asiens reichte. Es waren keine einfachen Geschäftsbeziehungen, die sie pflegte – es waren Allianzen, Abhängigkeiten und gut geschmierte Verbindungen, die sie sich mit harter Arbeit und noch härterem Geld erarbeitet hatte. Für Carla war der Erfolg der Fabrik gleichbedeutend mit ihrer Fähigkeit, diese komplexen Fäden zusammenzuhalten und stets die besten Lieferungen zu sichern. Dabei hatte sie keine Skrupel, die Ressourcen auszuschöpfen, die ihr zur Verfügung standen, selbst wenn es bedeutete, das letzte Exemplar einer seltenen Papageienart zu beschaffen.

Diese Lieferketten waren für Carla so entscheidend, dass sie regelmäßig persönlich mit den Zwischenhändlern sprach. Das waren keine geschäftlichen Gespräche im klassischen Sinne; es waren Verhandlungen, bei denen Carla ihren eisernen Willen und ihre eiskalte Verhandlungsführung zur Schau stellte. Für sie zählten Ergebnisse, und sie machte jedem klar, dass ein Fehler oder eine minderwertige Lieferung das Ende der Zusammenarbeit bedeuten würde. Carla war bekannt dafür, dass sie keine zweiten Chancen vergab. In der Welt des Papageienöls war keine Zeit für Schwäche oder Zögern – wer nicht lieferte, wurde ersetzt, und Carla war immer einen Schritt voraus, wenn es darum ging, neue Kontakte zu knüpfen.

Doch während Carla die internationale Beschaffung überwachte, begann sie auch, die Kontrolle über die eigentliche Produktion in Wittenförden zu verstärken. Die Details des Produktionsprozesses waren geheim und wurden nur wenigen ausgewählten Arbeitern anvertraut. Carla hatte strenge Anweisungen erteilt: Niemand durfte die einzelnen Schritte in ihrer Gesamtheit kennen. Jede Abteilung war für einen kleinen Teil des Prozesses verantwortlich und wusste nur das Nötigste über die Herstellung. Dieses Prinzip der strikten Geheimhaltung sorgte dafür, dass niemand in der Lage war, den gesamten Herstellungsprozess zu verstehen oder zu reproduzieren. Es war eine Art kontrollierte Isolation, die Carla den Arbeitern auferlegte, und jeder, der Fragen stellte, wurde sofort entlassen. Carla konnte sich keine Neugier leisten; ihre Vision war ein geschlossenes System, das nur durch sie selbst gelenkt und kontrolliert wurde.

Die Produktionsräume selbst glichen einer alchemistischen Werkstatt. Riesige Kessel aus rostfreiem Stahl waren gefüllt mit dem speziellen Öl, in das die sorgfältig ausgewählten Papageienteile eingelegt wurden. Carla überwachte den gesamten Prozess, von der Anlieferung der Papageien bis hin zur langwierigen Einlegung und Erhitzung. Diese Schritte wurden über Jahre hinweg wiederholt, wobei das Öl immer wieder erhitzt und veredelt wurde, bis es schließlich die strahlende Essenz der Papageienfarben aufnahm. Der Raum war erfüllt von einem intensiven, exotischen Duft, der eine Mischung aus warmem Öl und einem kaum greifbaren Hauch von Wildnis war. Carla betrachtete jeden dieser Kessel als ein Kunstwerk, eine Investition in die Zukunft, die ihren Namen unsterblich machen würde.

Doch es waren nicht nur die intensiven Farben, die das Papageienöl so begehrenswert machten. Carla wusste, dass das wahre Geheimnis in der Vorstellungskraft ihrer Kunden lag. Sie spielte geschickt mit der Exotik, die das Produkt ausstrahlte, und machte sich die natürliche Sehnsucht der Menschen nach Exklusivität zunutze. Mit gezieltem Marketing und geschickter Manipulation ließ sie das Papageienöl als nahezu magisches Produkt erscheinen, das nicht nur die Haut verjüngte, sondern dem Träger eine fast übernatürliche Aura verlieh. Die Menschen sollten glauben, dass sie sich durch das Öl in eine Art lebendes Kunstwerk verwandelten, dass sie die Schönheit der tropischen Papageien in ihrer eigenen Haut tragen konnten. Und es funktionierte – die Kunden waren bereit, astronomische Summen für ein Fläschchen zu zahlen.

Doch Carla dachte weiter. Sie plante bereits, wie sie die Fabrik auf eine internationale Bühne heben könnte. Für sie war Wittenförden lediglich der Ausgangspunkt. Sie wollte das Papageienöl zu einer globalen Marke machen, ein Symbol für Luxus und unerreichbare Schönheit, das die Reichen und Mächtigen weltweit begehrten. Dafür war sie bereit, noch tiefer in die Märkte vorzudringen, noch skrupelloser und zielstrebiger zu handeln. Sie wusste, dass sie ein Vermögen investieren müsste, um dieses Ziel zu erreichen, doch der Gedanke daran ließ ihre Augen leuchten. Carla Wimmer wollte nicht nur Erfolg – sie wollte die Welt verändern, ihre Spur in der Geschichte hinterlassen und die Papageienöl-Fabrik als Denkmal ihres eigenen Genies etablieren.

Je mehr sich Carla in diese Welt verstrickte, desto mehr begann sie, ihre eigenen Prinzipien zu hinterfragen. Die Herausforderungen wuchsen, die ethischen Fragen, die anfangs kaum in ihrem Bewusstsein existierten, drängten sich gelegentlich an die Oberfläche. Doch Carla war zu sehr in ihren Plänen verhaftet, um innezuhalten. Sie verdrängte jegliche Zweifel und erinnerte sich daran, was wirklich zählte: Erfolg, Macht und das unaufhaltsame Streben nach dem Glanz, den nur das Papageienöl versprühen konnte.

Kapitel 3: Die Entdeckung des Marktes

Carla Wimmer erkannte schon früh, dass das Papageienöl nicht einfach ein weiteres Pflegeprodukt war. Es war ein Symbol, ein exotisches Versprechen, das die Menschen an die verborgenen Schönheiten der Welt erinnerte und gleichzeitig für Reichtum und Exklusivität stand. Dieses Öl war nicht für jeden bestimmt; es sollte der Elite vorbehalten bleiben, denjenigen, die nach etwas Einzigartigem suchten und bereit waren, dafür Unsummen zu zahlen. Carla wusste, dass der Markt nicht nur von der Qualität des Produkts, sondern auch von der Art und Weise abhängen würde, wie es präsentiert und verkauft wurde.

Carla war eine Meisterin der Vermarktung. Sie wusste, dass Geschichten oft mehr wert waren als die Produkte selbst. Sie schuf eine Legende um das Papageienöl, die ihre Kunden in den Bann zog. Die Geschichte begann mit den geheimnisvollen Tropenwäldern, in denen die prachtvollen Papageien lebten, die für die Herstellung des Öls benötigt wurden. Carla ließ Broschüren und aufwendig gestaltete Marketingmaterialien produzieren, die den Herstellungsprozess romantisierten. Darin sahen die Kunden Bilder von unberührten Landschaften, exotischen Vögeln und mystischen Bräuchen, die angeblich zur Produktion beitrugen. Sie präsentierte das Öl nicht nur als Hautpflege, sondern als „flüssige Essenz der Tropen", die dem Träger die Kraft und den Glanz der Natur verlieh.

Die Kunden waren begeistert von dieser Idee. Für sie war das Papageienöl ein Stück vom Paradies, ein Tropfen der Wildnis, den sie in ihren luxuriösen Badezimmern auftragen konnten. Carla erkannte bald, dass sie den Markt erweitern und das Öl gezielt an jene vermarkten konnte, die bereit waren, für das Gefühl von Exklusivität und Extravaganz zu zahlen. Sie entschied sich, die Verfügbarkeit des Öls stark zu begrenzen und das Produkt nur an ausgewählte Händler und Boutiquen zu verkaufen, die den luxuriösen Anspruch erfüllten. Der Preis für eine Flasche stieg damit ins Unermessliche und wurde zu einem Statussymbol. Menschen, die Papageienöl besaßen, wollten nicht nur gepflegte Haut – sie wollten zeigen, dass sie etwas Einzigartiges, nahezu Unbezahlbares besaßen.

Bald begannen internationale Modemagazine, von dem geheimnisvollen Öl zu berichten. Es wurde zum begehrten Produkt der Reichen und Berühmten, und Carla wusste, dass dies nur der Anfang war. Sie begann, das Produkt auf exklusiven Veranstaltungen zu präsentieren, bei denen nur die Elite Zutritt hatte. Bei einer luxuriösen Veranstaltung in Monaco traf sie auf einen Geschäftspartner, der ihr riet, das Öl in limitierter Edition anzubieten, um die Begehrlichkeit noch weiter zu steigern. Carla gefiel die Idee, und sie entschied sich, nur noch eine streng limitierte Anzahl von Flaschen pro Jahr zu verkaufen, die durch eine goldene Seriennummer gekennzeichnet waren. Diese Flaschen sollten nur an eine ausgewählte Klientel gehen, die bereit war, einen Preis zu zahlen, der selbst die exklusivsten Luxusgüter übertraf.

Parallel dazu nahm Carla Kontakt zu einigen der einflussreichsten Socialites und Stars auf, um das Papageienöl zu einem Symbol für die gehobene Gesellschaft zu machen. Sie wusste, dass die Macht der Prominenz das Produkt auf ein neues Level heben konnte. Bald wurden in Magazinen Berichte darüber veröffentlicht, wie bekannte Schauspielerinnen und Supermodels das Öl als ihr „geheimes Ritual" bezeichneten. Papageienöl wurde zum Gesprächsthema in den nobelsten Kreisen, und die Nachfrage stieg ins Unermessliche. Carla genoss diesen Erfolg und erkannte, dass sie die absolute Kontrolle über ein Produkt hatte, das die Menschen zu besitzen begehrten – nicht nur, um schön zu sein, sondern um sich zugehörig zu fühlen zu einer Welt, die sich die wenigsten leisten konnten.

In der Zwischenzeit sorgte sie dafür, dass die Produktion in Wittenförden unauffällig und effizient blieb. Doch die Logistik der Beschaffung wurde zunehmend komplexer. Die seltenen Papageienarten, die sie für die Herstellung des Öls benötigte, waren schwer zu finden und immer seltener in der Natur anzutreffen. Die ersten Tierschutzorganisationen wurden auf die vermehrten Fänge von Papageien aufmerksam und begannen, die Ursachen zu untersuchen. Carla war sich der drohenden Gefahr bewusst, doch sie betrachtete dies nur als eine weitere Herausforderung. Sie intensivierte ihre Netzwerke und fand neue, noch diskretere Partner, die in der Lage waren, die geforderten Papageien zu beschaffen, ohne Aufmerksamkeit zu erregen. Um ihre Verbindungen abzusichern, investierte Carla erhebliche Summen in Schmiergelder und Diskretionsvereinbarungen. Sie wusste, dass ein Skandal das Ende ihres Unternehmens bedeuten würde, und handelte mit noch größerer Vorsicht. Ihre Geschäftspartner wussten, dass Carla niemanden verschone, der ihren Erfolg gefährdete, und sie hatten gelernt, sie für ihre kompromisslose Art zu respektieren. Carla hatte ein Netzwerk von Kontakten aufgebaut, das sie für nahezu unantastbar hielt. Für sie war der Erfolg des Papageienöls keine Frage des Glücks, sondern eine sorgfältig orchestrierte und durchdachte Strategie, die sie bis ins kleinste Detail kontrollierte.

Während Carla den internationalen Markt für Papageienöl fest im Griff hatte, spürte sie ein wachsendes Verlangen nach mehr. Sie hatte bewiesen, dass sie das Produkt in die höchsten Kreise bringen konnte, doch jetzt wollte sie sich eine noch unerschütterlichere Stellung sichern. Sie begann Pläne zu schmieden, um das Papageienöl als exklusives „Erlebnis" zu verkaufen – ein Ritual, bei dem ausgewählte Kunden das Öl direkt in der Fabrik in Wittenförden erhielten und bei der Produktion zuschauen konnten. Der Gedanke, den Reichen und Mächtigen einen Blick hinter die Kulissen zu gewähren, faszinierte sie. Doch sie wusste auch, dass dies ein riskanter Schritt war und jede Menge Diskretion und Absicherung verlangte.

Der Markt war jedoch bereit für dieses „Erlebnis". Carla spürte die Vorfreude der Kunden und sah eine Möglichkeit, das Papageienöl zu einer Legende zu machen. Sie plante exklusive Events, bei denen die wohlhabendsten Kunden das Öl direkt in der Fabrik sehen und die „Essenz des Tropenwaldes" spüren konnten. Mit einer inszenierten Zeremonie und einer aufwendigen Inszenierung wollte Carla den Eindruck erwecken, dass das Papageienöl nicht nur ein Pflegeprodukt, sondern eine Erfahrung war, die alle Sinne berührte und die Kunden in eine andere Welt entführte.

Es war diese Kombination aus exotischem Produkt und luxuriösem Erlebnis, die das Papageienöl unvergesslich machte. Die Menschen wollten ein Stück von dieser Magie besitzen, und Carla nutzte dieses Verlangen bis zum Äußersten aus.

Kapitel 4: Das Geheimnis des Schimmers

Die Besonderheit des Papageienöls lag nicht nur in seinem exotischen Ursprung und seiner Seltenheit, sondern vor allem in dem faszinierenden Glanz, den es verlieh. Schon ein Tropfen genügte, um die Haut in ein schimmerndes Licht zu tauchen, das in seiner Intensität und Lebhaftigkeit an die Farben des Regenwaldes erinnerte. Kunden beschrieben das Öl als „leuchtenden Film", der den Körper mit einer Farbigkeit umhüllte, die sich je nach Lichteinfall zu ändern schien. Dieser Effekt machte das Öl begehrenswert und geheimnisvoll – ein Produkt, das den Besitzern die Schönheit und Anziehungskraft der exotischen Papageienfeder ins eigene Leben brachte.
Doch das Geheimnis hinter diesem Schimmer war weit mehr als ein einfacher Produktionsprozess. Carla Wimmer hatte jahrelang an der Verfeinerung der Technik gearbeitet und dafür gesorgt, dass nur die besten Chemiker und Ingenieure in ihrem Team arbeiteten, um das Öl zu perfektionieren. Diese Experten waren allerdings ebenso gezwungen, in völliger Abgeschiedenheit zu arbeiten und ihre Erkenntnisse strikt geheim zu halten. Carla ging kein Risiko ein: Jeder Mitarbeiter unterschrieb umfassende Geheimhaltungsverträge, und Carla selbst kontrollierte regelmäßig, dass keine Informationen nach außen drangen. Ihre Fabrik glich eher einem Labor für eine geheime wissenschaftliche Entdeckung als einer einfachen Produktionsstätte.

Das Herzstück des Herstellungsprozesses war die langwierige Prozedur des Einlegens der Papageienfedern und -teile in das spezielle Öl. Nur die farbenprächtigsten Federn wurden sorgfältig ausgewählt, um in den großen, hochmodernen Kesseln eingelegt zu werden. Diese riesigen Behälter waren aus einer speziellen Metalllegierung gefertigt, die es ermöglichte, die Temperatur des Öls präzise zu regulieren und den Einweichprozess zu kontrollieren. Über Jahre hinweg wurde das Öl immer wieder auf exakt eingestellte Temperaturen erhitzt und wieder abgekühlt, während die Federn und andere Teile langsam ihre Farben an das Öl abgaben.

Carla war dabei stets präsent. Ihre Kontrollgänge waren berüchtigt, und jeder Mitarbeiter wusste, dass keine Abweichungen von den Anweisungen toleriert wurden. Sie verlangte Perfektion und hatte ein Auge für jedes Detail. Sobald eine Farbnuance nicht exakt ihren Vorstellungen entsprach, wurde der gesamte Kesselprozess gestoppt und neu begonnen. Carla war besessen von der Idee, dass das Papageienöl nur in seiner perfekten Form das Licht der Welt erblickte, und dies bedeutete unermüdliche Präzision und Hingabe. Die Arbeit an einem einzelnen Kessel konnte Jahre dauern, aber Carla war überzeugt davon, dass genau diese Hingabe das Papageienöl zu einem einzigartigen Produkt machte.

Die Entstehung des charakteristischen Schimmers war jedoch nicht allein das Resultat der Farben der Papageienfedern. Carla und ihr Team hatten entdeckt, dass das Einwirken von Licht und

Wärme auf das Öl die Farbstruktur der Federn veränderte und die Pigmente in einer Art und Weise im Öl verankerte, die das Licht absorbierte und auf besondere Weise reflektierte. Ein winziger Lichteinfall konnte eine ganze Farbexplosion hervorrufen, und Carla wusste, dass dieser Effekt der eigentliche Grund war, warum das Öl so begehrt war. Sie ließ deshalb spezielle Lampen und Wärmeanlagen einbauen, die die Kessel in genau den richtigen Intervallen beleuchteten und erwärmten, um die Farbstruktur zu intensivieren. Es war ein minutiös durchdachter Prozess, der auf jahrzehntelanger Forschung basierte und dessen Ergebnis ein schimmerndes, fast überirdisches Produkt war.

Doch diese Präzision hatte ihren Preis. Die Herstellung eines einzigen Liters Papageienöl dauerte mehr als ein Jahrzehnt, und jede kleine Abweichung konnte den gesamten Prozess ruinieren. Carla war jedoch überzeugt, dass die hohe Kunst und die Zeit, die in die Produktion investiert wurden, das Produkt noch wertvoller machten. Sie war stolz darauf, dass das Papageienöl nur in winzigen Mengen auf den Markt kam und dass sich nur eine handverlesene Klientel diesen Luxus leisten konnte. Die Exklusivität des Öls war ein wesentlicher Bestandteil seines Reizes, und Carla hatte ein feines Gespür dafür, wie sie diese Exklusivität kultivieren und verstärken konnte.

Um die Wirkung des Öls noch weiter zu steigern, hatte Carla eine Strategie entwickelt, bei der die Kunden durch eine besondere Verkaufszeremonie an das Produkt herangeführt wurden. Das Öl wurde ihnen niemals einfach übergeben – Carla hatte für die Luxusboutiquen, die das Produkt führten, detaillierte Anweisungen entworfen, wie sie das Papageienöl zu präsentieren hatten. Die Verpackung war elegant und opulent, mit einem Hauch von Geheimnis. Jede Flasche war in einer speziellen Schatulle verpackt, die mit tropischen Motiven verziert und in sattem Grün und Blau gehalten war. Beim Öffnen der Schatulle entfaltete sich ein leichter Duft, der an die Regenwälder erinnerte und die Kunden sofort in die Welt des Exotischen versetzte.

In den Verkaufsräumen ließ Carla eigens eine Lichtinstallation einbauen, die das Öl so inszenierte, dass es in der Flasche in allen Farben des Regenbogens schimmerte. Die Kunden sollten nicht einfach ein Produkt kaufen, sondern ein Erlebnis haben – ein Erlebnis, das sie dazu verführte, sich das Gefühl der Exklusivität zu gönnen. Carla wusste, dass dies das Geheimnis war, das den Reiz des Papageienöls ausmachte: Es war mehr als eine Creme oder ein Hautöl; es war ein Statussymbol, ein persönlicher Schatz, der nur für diejenigen reserviert war, die bereit waren, tief in die Tasche zu greifen.

Während die Wirkung des Öls gefeiert und der Hauch von Mystik verbreitet wurde, bewahrte Carla das wahre Geheimnis des Schimmers strikt für sich. Sie wusste, dass viele Kunden das Öl liebten, weil sie das Gefühl hatten, ein Stück der exotischen Wildnis zu besitzen – doch Carla wusste auch, dass die Realität weniger romantisch war. Die Herstellung war eine

Wissenschaft, eine kühle, berechnende und minutiös überwachte Prozedur, die den Zauber der Natur in ein kontrolliertes Produkt verwandelte. Doch genau darin lag Carlas Genie: Sie verstand es, den Menschen eine Illusion zu verkaufen, die so verführerisch war, dass sie die Realität dahinter vergaßen.

Kapitel 5: Die ethische Frage

Mit dem rasanten Aufstieg des Papageienöls und seiner wachsenden Popularität gerieten Carla und die Fabrik in das Blickfeld von Tierschutzorganisationen und Aktivisten. Die Herkunft der Papageien, die für die Produktion des luxuriösen Öls benötigt wurden, war zunehmend ein Thema der öffentlichen Diskussion. Internationale Organisationen begannen zu hinterfragen, wie eine solche Menge an tropischen Vögeln für ein einziges Pflegeprodukt beschafft werden konnte, und erste Medienberichte stellten die Herkunft der Papageien infrage. Doch Carla hatte stets auf die Kraft der Geheimhaltung gesetzt und war überzeugt, dass es niemandem gelingen würde, ihre Methoden ans Licht zu bringen.
Die ersten Proteste begannen harmlos. Kleine Gruppen von Tierschützern verteilten Flugblätter vor Luxusboutiquen in großen Städten, in denen das Papageienöl angeboten wurde. „Schützt die Tropenwälder!" und „Hände weg von bedrohten Arten!" lauteten die Parolen, die die Aktivisten den wohlhabenden Kunden zuriefen. Die Boutique-Besitzerinnen waren von der unerwarteten Aufmerksamkeit wenig begeistert, doch Carla war zunächst unbesorgt. Für sie waren diese Proteste nichts weiter als ein kleines Ärgernis, das sie mit einem gezielten Imagewechsel leicht vertuschen konnte. Sie startete eine neue Marketingkampagne, in der das Öl als „natürlich und nachhaltig" angepriesen wurde. Carla war überzeugt, dass

der Wohlstand ihrer Kunden sie über jeden ethischen Zweifel hinwegsehen lassen würde. Doch mit jedem Protest wuchs das Risiko, dass jemand tiefer nachforschte und die geheimen Lieferketten aufdeckte. Einige der Tierschutzgruppen waren mittlerweile international vernetzt und verfügten über die finanziellen Mittel, um investigative Recherchen zu finanzieren. Sie begannen, Berichte über das mysteriöse Verschwinden seltener Papageienarten in Südamerika und Afrika zu sammeln und die Verbindung zur Papageienöl-Fabrik herzustellen. Das Medienecho verstärkte sich, und Carla wurde zunehmend nervös. Zwar war sie sich sicher, dass ihr Netzwerk diskret genug war, um die Herkunft der Vögel zu verschleiern, doch die ständige Aufmerksamkeit war ein Problem, das sie nicht ignorieren konnte. Um die Aktivisten zu beruhigen und das Bild ihres Unternehmens zu schützen, entschied sich Carla für eine Strategie, die sie als „ethische Ausweichmanöver" bezeichnete. Sie stellte Berater ein, die das Image der Firma in den Medien positiver gestalten sollten, und startete eine Initiative, in der sie sich öffentlich zur Rettung bedrohter Papageienarten verpflichtete. Carla versprach, einen Teil der Gewinne aus dem Verkauf des Papageienöls in ein Aufforstungsprojekt zu investieren, das angeblich den Lebensraum der Papageien schützen sollte. Sie wusste, dass dies ein geschickter Schachzug war, um die Aufmerksamkeit der Öffentlichkeit in eine positive Richtung zu lenken. Die Kunden schätzten die Idee und fühlten sich wohler beim

Kauf des teuren Öls, das nun angeblich „zum Erhalt der Artenvielfalt" beitrug.

Doch die Aktivisten ließen sich nicht täuschen. Für sie war die sogenannte „Schutzinitiative" nichts weiter als ein PR-Trick, und sie setzten alles daran, Carlas Verbindungen zu illegalen Händlern aufzudecken. Die Organisationen begannen, gezielt die Händlernetzwerke zu infiltrieren, mit denen Carla zusammenarbeitete, und versuchten, Informationen über die Beschaffung der Papageien zu sammeln. Erste Enthüllungen fanden ihren Weg in kleinere Zeitungen, und Carla spürte, dass sich das Netz um sie zuziehen könnte.

Die Konfrontation mit diesen Vorwürfen veranlasste Carla dazu, noch entschlossener und risikoreicher vorzugehen. Sie war nicht bereit, ihr Imperium und den hart erkämpften Erfolg für moralische Bedenken zu opfern. Für Carla waren die Papageien nichts weiter als eine Ressource, eine Möglichkeit, sich ihren Traum von Erfolg und Macht zu sichern. Sie sah keine Notwendigkeit, sich dem Druck der Tierschützer zu beugen, und begann, neue und skrupellosere Maßnahmen zu ergreifen, um die Versorgung mit Papageien aufrechtzuerhalten.

Um die Lieferungen weiterhin sicherzustellen, intensivierte Carla ihre Verbindungen zu Schmugglern und Schwarzen Märkten. Sie bezahlte ihre Partner für absolute Diskretion und sorgte dafür, dass jede Spur sorgfältig verwischt wurde. Carla war überzeugt, dass die Welt letztendlich vergessen würde und das Interesse an den Protesten abnehmen würde, sobald sie den Aktivisten keine Angriffsfläche mehr bot. Für sie waren die Tiere nur ein Mittel zum Zweck, und sie war bereit, den letzten Papagei aus den Wäldern zu holen, wenn dies bedeutete, dass sie ihr Produkt weiterhin verkaufen konnte.

Doch im Verborgenen gärte ein innerer Konflikt, den Carla nur schwer ignorieren konnte. Immer häufiger ertappte sie sich bei dem Gedanken, wie viel Blut und Leid in jeder Flasche des Papageienöls steckte. Trotz ihrer kalten Rationalität und ihrer Geschäftstüchtigkeit spürte sie eine seltsame Beklemmung, die sich nicht so leicht abschütteln ließ. Die Bilder der farbenprächtigen Vögel in den Händen ihrer Schmuggler und die Schicksale, die sie den Tieren auferlegte, schlichen sich immer häufiger in ihre Gedanken.

Ihre pragmatische Fassade bröckelte. Carla begann zu ahnen, dass der Preis ihres Erfolgs möglicherweise mehr von ihr fordern würde, als sie ursprünglich gedacht hatte.

Kapitel 6: Rückschläge und Sabotage

Mit dem anhaltenden Druck von Aktivisten und wachsender Aufmerksamkeit in den Medien begann Carlas sorgfältig aufgebautes Imperium Risse zu zeigen. Die unnachgiebigen Tierschutzgruppen ließen nicht locker und intensivierten ihre Bemühungen, Carlas Verbindungen zu illegalen Händlern und Schmugglern aufzudecken. Überall dort, wo das Papageienöl als Luxusprodukt vertrieben wurde, formierten sich kleine, hartnäckige Protestgruppen. Flugblätter, Mahnwachen und soziale Medien trugen die Kritik an der ethischen Fragwürdigkeit des Öls bis in die Luxusboutiquen der Großstädte, und immer mehr Kunden begannen, Fragen zu stellen.

Carlas Reaktion darauf war typisch für sie: Sie verschärfte die Sicherheitsmaßnahmen und riegelte die Fabrik mit noch strengeren Regeln ab. Überwachungskameras, neue Zugangskontrollen und zusätzliche Sicherheitspersonal sollten sicherstellen, dass niemand ohne ausdrückliche Genehmigung die Produktionshallen betreten konnte. Carla wusste, dass das kleinste Leck fatale Folgen für ihren Betrieb haben könnte, und sie war entschlossen, jegliche Risiken auszumerzen.

Doch die Bedrohung kam nicht nur von außen. Zu ihrer Bestürzung stellte Carla fest, dass selbst innerhalb der Fabrik Unruhe und Widerstand aufzukeimen begannen. Einige Arbeiter begannen, die moralischen Bedenken der Protestgruppen zu teilen, und fragten sich, ob das

Produkt, das sie herstellten, wirklich das Richtige war. Kleine Rebellionen entfalteten sich leise, zunächst kaum bemerkbar, doch Carla konnte die Veränderungen spüren. Manche Mitarbeiter mieden plötzlich den direkten Kontakt mit ihr, und Gerüchte über vermeintlich unethische Praktiken machten die Runde. Einige verließen die Fabrik oder kündigten unter dem Vorwand gesundheitlicher Probleme, und die Stimmung in den Produktionshallen begann sich zu wandeln. Die Unruhe eskalierte, als eines Tages ein wichtiges Produktionswerkzeug auf mysteriöse Weise verschwand. Ohne diese spezielle Maschine war es nicht möglich, die Federn der Papageien so zu verarbeiten, dass der farbliche Glanz ins Öl übertragen werden konnte. Carla vermutete zunächst ein Versehen oder einen Fehlgriff und ordnete eine umfassende Durchsuchung an. Doch das Werkzeug blieb unauffindbar, und ein mulmiges Gefühl begann sich in ihr auszubreiten. Es dauerte nicht lange, bis sie die Vermutung hatte, dass jemand absichtlich Sabotage betreiben könnte, um die Produktion zu stören.

Als sich die Vorfälle häuften, nahm Carla die Angelegenheit persönlich in die Hand. Sie beauftragte einen Sicherheitsdienst, der verdeckte Ermittlungen in der Fabrik durchführte und die Mitarbeiter auf Anzeichen von Sabotage überprüfte. Tatsächlich fand das Sicherheitsteam bald Hinweise darauf, dass einige Arbeiter heimlich Informationen nach außen weitergegeben hatten. Carla war entsetzt und erkannte, dass der Widerstand gegen die

Herstellung des Papageienöls nicht nur eine externe Bedrohung darstellte – er hatte sich längst in den eigenen Reihen eingenistet. Verzweifelt versuchte Carla, die Kontrolle über ihre Belegschaft zurückzugewinnen. Sie führte Einzelgespräche, in denen sie ihre Mitarbeiter zur Loyalität gegenüber dem Unternehmen und zum Erhalt der Arbeitsplätze aufrief. Doch ihre Worte hatten nicht den erhofften Effekt. Diejenigen, die Carla misstrauten, sahen die Gespräche als eine Einschüchterungstaktik, und der Verdacht auf Spionage von Seiten der Geschäftsführung trug nur noch mehr zur Verunsicherung bei. Die Atmosphäre in der Fabrik wurde zunehmend angespannt, und es schien, als wären die Tage des bedingungslosen Zusammenhalts und der Loyalität gezählt.

Gleichzeitig gerieten Carlas internationale Verbindungen ins Wanken. Ihre Zulieferer, die einst zuverlässig gewesen waren, begannen, kalte Füße zu bekommen. Einige der Händler, die ihr bislang seltene Papageienarten geliefert hatten, distanzierten sich von ihr, aus Angst vor Entdeckung und Strafen. Die öffentliche Aufmerksamkeit auf den Schmuggel seltener Arten und der Druck durch Tierschutzorganisationen hatten die Händler nervös gemacht. Die zuvor reibungslos laufende Lieferkette begann langsam zu bröckeln. Carla stellte bald fest, dass die Papageien, die für die Produktion des Öls notwendig waren, immer schwerer zu beschaffen waren.

Getrieben von Panik und Wut griff Carla zu extremeren Maßnahmen. Sie setzte alles daran, die bestehenden Händler zu halten und bot ihnen höhere Preise und garantierte Diskretion an. Doch das Netzwerk aus Schmugglern und Händlern war zunehmend instabil und unzuverlässig geworden. Carla begann, mehr Geld in die Sicherung ihrer Ressourcen zu stecken als je zuvor, doch die moralischen Bedenken und der wachsende Druck machten ihre bisherigen Methoden weniger effektiv.

Ein weiterer Sabotageakt innerhalb der Fabrik zwang Carla schließlich, eine radikale Entscheidung zu treffen. Eine große Lieferung von Federn, die gerade in die Kessel eingelegt worden war, wurde über Nacht in einem Kühlraum komplett zerstört. Die Federn waren durch eine chemische Substanz unbrauchbar gemacht worden, und Carla musste die gesamte Charge vernichten lassen. Der finanzielle Schaden war immens, und Carla war wütend. Doch diese Wut brachte sie zu einer Entscheidung: Sie konnte sich keine Mitarbeiter mehr leisten, die Zweifel hatten oder ihre Loyalität infrage stellten.

In einem harten Schritt ließ Carla am nächsten Tag etwa ein Drittel der Belegschaft entlassen. Die verbleibenden Arbeiter wurden aufgefordert, neue Verträge zu unterzeichnen, die strenge Schweigepflichten enthielten und im Falle eines Regelbruchs drastische Konsequenzen vorsahen. Carla wusste, dass sie ein Risiko einging, aber sie hoffte, dass diese Maßnahmen das Problem an der Wurzel packen würden. Sie war fest entschlossen, den Betrieb der Papageienöl-Fabrik um jeden Preis zu sichern – auch wenn dies

bedeutete, rücksichtslos gegen ihre eigenen Leute vorzugehen.
Doch Carlas verzweifelte Bemühungen zur Schadensbegrenzung verschärften die Lage nur noch mehr. Die Medien griffen die Entlassungen auf und interpretierten sie als weiteres Indiz für die fragwürdigen Methoden, die hinter den Mauern der Papageienöl-Fabrik stattfanden. Die Proteste verstärkten sich, und die öffentlichen Anschuldigungen wurden zunehmend konkreter. Carla hatte das Gefühl, die Kontrolle zu verlieren, und es schien, als würden ihre einst verlässlichen Machtstrukturen unter dem wachsenden Druck zu bröckeln beginnen.
In den kommenden Wochen versuchte Carla alles, um die Produktion und die Versorgung ihrer internationalen Kunden zu stabilisieren. Doch in den stillen Stunden der Nacht, wenn sie allein im Büro saß und die jüngsten Rückschläge analysierte, begannen Zweifel an ihrem Vorhaben aufzukommen. Carla, die stets stolz auf ihre Entschlossenheit und Unnachgiebigkeit gewesen war, fühlte sich zum ersten Mal in ihrem Leben wirklich isoliert – und vielleicht sogar ein wenig verletzlich.

Kapitel 7: Die Krise eskaliert

Die Situation in der Papageienöl-Fabrik spitzte sich weiter zu. Trotz Carlas Versuche, die Kontrolle über die Produktion zurückzugewinnen und ihre verbleibenden Mitarbeiter auf Linie zu halten, riss der Strom an Sabotageakten und internen Spannungen nicht ab. Die Mitarbeiter, die geblieben waren, arbeiteten unter ständiger Beobachtung und fühlten sich zunehmend wie Gefangene in einem System, das Carla mit eiserner Faust führte. Angst, Misstrauen und die ständige Bedrohung durch Kontrolle verwandelten die einst florierende Fabrik in ein Spannungsfeld.

Doch die Schwierigkeiten innerhalb der Fabrik waren nur ein Teil des Problems. Draußen wurden die Proteste der Aktivisten lauter und zunehmend aggressiver. Jeden Morgen, wenn Carla zur Arbeit kam, sah sie die Demonstranten, die Schilder mit Botschaften wie „Blut auf eurem Luxus!" und „Schützt die letzten Papageien!" hochhielten. Die Demonstranten versammelten sich in Scharen vor dem Fabrikgelände, und immer mehr Kamerateams und Journalisten waren vor Ort, um die Situation zu dokumentieren.

Die Berichterstattung über die Papageienöl-Fabrik erreichte nationale und schließlich auch internationale Medien. Artikel und Reportagen über den „dunklen Glanz" des Papageienöls und die geheimen Machenschaften dahinter erschienen in großen Zeitungen und Magazinen. Der Vorwurf der Tierquälerei und der Ausbeutung

bedrohter Arten stand nun im Raum, und für viele Kunden war das Produkt, das sie einst für seinen Luxus und seine Exklusivität geschätzt hatten, mit einem bitteren Beigeschmack versehen.
Carlas Versuch, die Lage mit PR-Maßnahmen zu beruhigen, schlug fehl. Das Versprechen, einen Teil des Erlöses in Naturschutzprojekte zu investieren, wirkte auf die Öffentlichkeit wie ein verzweifelter Versuch, sich aus der Verantwortung zu stehlen. Die Kritik an der Papageienöl-Fabrik verstärkte sich weiter, und erste Kunden distanzierten sich öffentlich von dem Produkt. Luxusmarken und Boutiquen, die das Öl verkauft hatten, nahmen es aus ihrem Sortiment, um nicht selbst Ziel der Kritik zu werden.
Unter den noch verbliebenen Kunden gab es jedoch eine Gruppe, die sich von den Enthüllungen und Protesten nicht beeindrucken ließ: die absoluten Sammler und Liebhaber des Papageienöls, die das Produkt nun als noch begehrenswerter ansahen, da es rar und umstritten war. Für sie wurde das Öl zu einem Symbol des Widerstands gegen die „politische Korrektheit" und das „Nanny-State-Denken", wie einige es nannten. Diese Kunden kontaktierten Carla direkt und boten ihr Summen an, die weit über dem Marktwert des Öls lagen, nur um weiterhin Zugriff auf das seltene Produkt zu haben.
Doch selbst dieser Untergrundhandel war auf Dauer nicht tragbar. Carlas Ressourcen waren durch die Sabotageakte und die ständigen Sicherheitsmaßnahmen fast erschöpft. Die Schmugglernetzwerke, auf die sie so lange

vertraut hatte, waren zunehmend vorsichtiger geworden und weigerten sich schließlich, weiter mit ihr zusammenzuarbeiten. Die Beschaffung seltener Papageienarten wurde fast unmöglich, und Carla sah sich gezwungen, in gefährlichere und illegale Märkte vorzudringen, um den Nachschub aufrechtzuerhalten. Es war ein Wettlauf gegen die Zeit, und Carla begann zu spüren, wie das Kartenhaus, das sie so sorgfältig aufgebaut hatte, allmählich zusammenzufallen drohte.

An einem besonders hektischen Tag erreichte sie die Nachricht, dass eine große Lieferung von Papageienfedern, die für die nächste Produktionsphase vorgesehen war, an der Grenze beschlagnahmt worden war. Carla war außer sich vor Wut. Sie wusste, dass ohne diese Lieferung die Produktion des Öls nicht aufrechterhalten werden konnte. Die Nachricht war ein Schlag ins Gesicht, und Carla wurde bewusst, dass sie bald keine Möglichkeit mehr haben würde, das Öl herzustellen. Die Fabrik, die sie aufgebaut hatte, drohte ihr unter den Füßen wegzubrechen, und sie war machtlos, etwas dagegen zu tun.

In ihrer Verzweiflung entschied Carla, dass es Zeit für drastische Maßnahmen war. Sie schloss die Fabrik für Außenstehende komplett ab und verordnete einen strengen Produktionsstopp, um die verbleibenden Ressourcen zu schonen. Gleichzeitig plante sie, den Schwarzmarkt für Papageienhandel direkt zu betreten und die verbliebenen Bestände dort zu sichern. Es war ein Schritt, der ihr selbst fast unvorstellbar erschien –

die Direktbeschaffung über zwielichtige Kanäle und die vollständige Umgehung legaler Märkte. Doch Carla sah keine andere Möglichkeit, wenn sie ihr Imperium retten wollte.

Die Öffentlichkeit bekam von diesen internen Manövern nichts mit. Für sie war die Papageienöl-Fabrik ein Symbol der Gier und Zerstörung, das bald in der Bedeutungslosigkeit versinken würde. Doch für Carla war es ihr Lebenswerk, und sie war bereit, alles zu riskieren, um den Fortbestand zu sichern. Jeder Tropfen Öl, der die Fabrik verließ, war für sie ein Triumph und eine Erinnerung daran, dass sie es schaffen könnte, das Unmögliche zu erreichen, selbst wenn alle Welt gegen sie stand.

In den dunklen Hallen der Fabrik arbeitete Carla unermüdlich daran, neue Lieferanten zu finden und die Produktion wieder in Gang zu bringen. Doch die Tage vergingen, und das Papageienöl, das sie einst in riesigen Mengen produziert hatte, wurde langsam zur Rarität. Der Glanz, den sie einst versprochen hatte, verblasste, und Carla begann zu realisieren, dass das Ende nahe war.

Am Ende dieser Krise stand Carla vor einer Wahl: Entweder sie ließ ihr Imperium endgültig fallen und akzeptierte die Konsequenzen, oder sie ging einen Schritt weiter und riskierte alles, um die Fabrik zu retten.

Kapitel 8: Der Wiederaufstieg – Papageienöl wird wichtiger denn je

Carla stand am Rande des Ruins. Der ständige Druck durch Tierschützer, Medien, Behörden und die verzweifelten Sabotageakte hatten die Papageienöl-Fabrik beinahe zerstört. Doch ein unerwartetes Ereignis änderte das Blatt: Eine weltweite, mysteriöse Hauterkrankung breitete sich aus. Sie traf Menschen jeden Alters und ließ die Haut in einer seltsamen Blässe zurück, mit kleinen schimmernden Flecken, die anfänglich als ästhetisch wahrgenommen wurden, sich aber bald zu schmerzhaften und unheilbaren Hautausschlägen entwickelten. Die Pharmaindustrie war ratlos, und ein Wettrennen nach einem Heilmittel begann.
Wie durch ein Wunder kam es bei einigen Patienten, die das seltene Papageienöl verwendeten, zu einer erstaunlichen Heilung. In einer geheimen Studie wurde festgestellt, dass die außergewöhnlichen Inhaltsstoffe des Papageienöls tatsächlich eine Linderung und teilweise sogar Heilung bewirkten. Als die Nachricht durch eine kleine, internationale Forschergruppe an die Öffentlichkeit gelangte, begann eine weltweite Nachfrage nach dem Produkt. Carla erkannte, dass sich ihr Schicksal und das der Fabrik über Nacht geändert hatten. Das Öl, das einst nur ein Luxusgut für Reiche gewesen war, wurde nun zur begehrten Medizin. Sofort setzte Carla ihre ganze Kraft ein, die Produktion wieder aufzunehmen. Doch ihre Ressourcen waren erschöpft, die Lieferketten

zerbrochen und viele ihrer früheren Kontakte ins Ausland abgebrochen. Die früheren Probleme in der Beschaffung wurden angesichts der neuen Nachfrage umso gravierender. Um die Papageien zu schützen und dennoch die Produktionsmengen zu steigern, beauftragte Carla ihre Wissenschaftler damit, synthetische Varianten der Papageienfedern zu entwickeln. Die Forscher arbeiteten fieberhaft an einer Methode, die seltenen Farben und Wirkstoffe im Labor zu reproduzieren und damit die kostbaren Tiere zu verschonen.

Gleichzeitig nutzte Carla die öffentliche Aufmerksamkeit und positionierte sich als Retterin in der Krise. Sie startete eine großangelegte Kampagne, in der die Papageienöl-Fabrik als ethisch und nachhaltig dargestellt wurde, und sie legte Wert darauf, dass die neuen synthetischen Produktionsmethoden klar von den bisherigen Verfahren abweichen würden. Dank der Forschungen und der neuen synthetischen Variante konnte Carla die Produktion skalieren, ohne auf natürliche Papageienfedern angewiesen zu sein. Die neue Formel war zwar noch nicht so effektiv wie das originale Papageienöl, doch Carla sah darin eine langfristige Möglichkeit, die Fabrik und ihren Ruf zu retten.

Die Nachfrage nach dem Heilmittel war so enorm, dass die Fabrik, die kurz vor dem Ende gestanden hatte, nun nicht mehr mit der Produktion nachkam. Carla stellte Mitarbeiter ein, modernisierte die Produktionsanlagen und gründete neue Partnerschaften. Die

Papageienöl-Fabrik entwickelte sich von einem exklusiven Kosmetikproduzenten zu einem medizinischen Unternehmen, das weltweit als führender Anbieter der Heilung für die mysteriöse Hautkrankheit galt. Was einst ein Symbol für Gier und Rücksichtslosigkeit gewesen war, wandelte sich in der Öffentlichkeit zu einer Firma, die Leben rettete und der Gesellschaft wertvolle Dienste leistete.

Carla nutzte diesen Aufschwung und begann, Patente für die synthetischen Herstellungsmethoden des Papageienöls anzumelden. Die Wissenschaftler der Fabrik entwickelten verbesserte Varianten, die den natürlichen Wirkstoffen noch näher kamen und das Öl nicht nur als Heilmittel, sondern auch für weitere medizinische Anwendungen nützlich machten. Carla wurde international für ihre angebliche Weitsicht und das neue „ethische Gesicht" der Papageienöl-Fabrik gefeiert. Einst von der Gesellschaft geächtet, fand sie sich nun an der Spitze eines Unternehmens, das wichtiger denn je war.

Doch Carla, die nie ihre ursprüngliche Gier und den Ehrgeiz verloren hatte, behielt das Geheimnis der letzten natürlichen Papageienöl-Restbestände für sich. In ihrem Büro bewahrte sie eine kleine, streng limitierte Sammlung des echten Öls auf, die sie zu astronomischen Preisen an auserwählte Kunden verkaufte. Für sie war dies der ultimative Triumph: Sie hatte die Krise nicht nur überlebt, sondern war gestärkt daraus hervorgegangen und hatte ihr Unternehmen in eine neue Ära geführt.

In den Augen der Welt war die Papageienöl-Fabrik nicht mehr das Symbol für Gier und Ausbeutung, sondern eine Quelle der Hoffnung in einer dunklen Zeit.

Kapitel 9: Der Triumph und die Schatten der Vergangenheit

Carla war am Ziel. Die Papageienöl-Fabrik war nicht nur wieder profitabel, sondern weltweit als medizinischer Retter in der Krise anerkannt. Journalisten und Politiker strömten nach Wittenförden, um die Fabrik zu besichtigen, die die Lösung für eine globale Gesundheitskrise entwickelt hatte. Carla ließ sich als visionäre Geschäftsfrau feiern, als Frau, die das Potenzial des Papageienöls rechtzeitig erkannt und ihr Unternehmen zur ethischen Wende geführt hatte. In ihrem inneren Kreis wusste jedoch jeder, dass der Weg zu diesem Triumph von Rücksichtslosigkeit und unzähligen Opfern geprägt war. Für die Öffentlichkeit war das synthetische Papageienöl ein nachhaltiges und „grünes" Heilmittel, doch Carla erinnerte sich an die vielen Jahre der Ausbeutung, an das Netzwerk illegaler Händler, an die zerstörten Regenwälder und die ausgestorbenen Papageienarten, die sie ihrer Macht geopfert hatte. Sie war jedoch meisterhaft darin, die Geschichte so zu präsentieren, dass sie sich selbst als Heldin der Nachhaltigkeit inszenieren konnte, und die Öffentlichkeit liebte sie dafür.

Doch die Schatten der Vergangenheit ließen sich nicht vollständig verdrängen. Einige ehemalige Mitarbeiter, die Carla nach den Sabotageakten entlassen hatte, begannen in sozialen Medien und kleineren Medienkanälen über die dunkle Seite der Papageienöl-Fabrik zu berichten. Sie erzählten von den frühen Jahren, in denen das Öl ausschließlich durch natürliche Papageienfedern hergestellt wurde, und von den verheerenden Folgen für die tropischen Regionen, aus denen die Vögel stammten. Diese Berichte fanden zwar zunächst nur wenig Beachtung, doch mit der wachsenden Bedeutung der Fabrik für das Gesundheitswesen begann auch die Presse, tiefer zu graben.

Carla ließ ihre Anwälte gegen die Anschuldigungen vorgehen und sorgte dafür, dass jeder Versuch, die frühere Praxis der Papageienbeschaffung zu enthüllen, unterdrückt wurde. Sie versicherte den Medien, dass die Fabrik stets ethisch gehandelt und sich frühzeitig von allen illegalen Aktivitäten distanziert habe. Dank ihrer Macht und der riesigen Gewinne, die das Unternehmen mittlerweile erzielte, konnte sie die Öffentlichkeit und die Behörden weitgehend besänftigen.

Doch die unerwartete Bekanntheit und der zunehmende Druck durch Journalisten, die eine Enthüllungsgeschichte witterten, belasteten Carla mehr, als sie sich eingestehen wollte. Sie begann sich häufiger zurückzuziehen und mied das Rampenlicht, das sie einst so sehr geliebt hatte. Carla, die immer den Ehrgeiz und die Stärke besessen hatte, sich jedem Hindernis zu stellen, fand sich nun in einer Position wieder, in der sie ständig mit der Angst lebte, dass die Wahrheit ans Licht kommen könnte.

In den Nächten, wenn das Werk ruhig war und nur das Summen der Maschinen die Hallen erfüllte, wanderte Carla oft alleine durch die Fabrik. Sie besuchte die Lagerhallen, in denen die letzten Flaschen des echten, natürlichen Papageienöls sicher verwahrt wurden – die Essenz, die ihre Macht und den Mythos um die Fabrik begründet hatte. Doch anstatt der Erfüllung verspürte sie eine Leere, die sie nicht erklären konnte. Das Öl, das einst der Schlüssel zu ihrem Erfolg war, lag nun wie ein bleiernes Gewicht in ihrem Leben und erinnerte sie an alles, was sie geopfert hatte.

In einem dieser stillen Momente entschied sich Carla, einen neuen Plan zu schmieden. Sie würde eine Stiftung ins Leben rufen, die sich dem Schutz bedrohter Papageienarten und der Erhaltung ihrer Lebensräume widmete. Diese Initiative sollte nicht nur die Öffentlichkeit besänftigen, sondern auch ihr eigenes Gewissen erleichtern. Die Stiftung erhielt den Namen „Schimmer der Natur" und versprach, ein bedeutender Beitrag zum Erhalt der Artenvielfalt zu werden. Carla positionierte sich als Visionärin, die aus ihren eigenen Fehlern gelernt und ihre Macht genutzt hatte, um die Welt besser zu machen.

Die Stiftung wurde begeistert aufgenommen, und die Medien feierten Carla für ihren Einsatz für die Umwelt. Sogar einige ihrer Kritiker lobten sie dafür, dass sie endlich Verantwortung übernahm. Carla genoss die positive Resonanz und hoffte, dass sie damit endgültig die Geister der Vergangenheit hinter sich lassen konnte.

Doch auch wenn die Welt von ihrer Wandlung überzeugt schien, blieb Carla selbst gefangen in einem Netz aus Geheimnissen und Schuld. Die Fabrik lief weiter, die synthetische Produktion des Papageienöls florierte, und die Stiftung gewann an Einfluss. Doch die Erinnerung an das, was sie geopfert hatte, um an diesen Punkt zu gelangen, ließ sie niemals ganz los. Und so blieb die Papageienöl-Fabrik, in all ihrem Glanz und Erfolg, nicht nur ein Symbol für Reichtum und Macht, sondern auch für die düsteren Entscheidungen, die Carla einst getroffen hatte – Entscheidungen, die sie nicht mehr rückgängig machen konnte. In der Einsamkeit ihrer Nächte wusste Carla, dass der „Schimmer der Natur" nicht nur ein Weg war, sich zu rechtfertigen, sondern auch der einzige Weg, sich selbst zu vergeben.

Kapitel 10: Das Vermächtnis des Papageienöls

Jahre vergingen, und die Papageienöl-Fabrik in Wittenförden blieb ein Leuchtturm des Erfolgs. Carla Wimmer hatte es geschafft, aus einer Krise ein florierendes Unternehmen aufzubauen, das nicht nur als kosmetisches Luxusprodukt, sondern auch als medizinisches Wundermittel gefeiert wurde. Ihre Stiftung „Schimmer der Natur" hatte mittlerweile weltweit zahlreiche Projekte zum Schutz bedrohter Papageienarten ins Leben gerufen, und Carla wurde von der Gesellschaft für ihre „visionäre Verantwortung" verehrt. Doch hinter dieser Fassade nagte weiterhin eine innere Unruhe an ihr – ein Flüstern, das sie daran erinnerte, dass Erfolg und Schuld untrennbar miteinander verbunden waren.
Trotz aller positiven Veränderungen blieb Carla ein Einzelgänger. Ihre Geschäftspartner sahen sie als entschlossene und hartnäckige Führungsfigur, doch nur wenige hatten je einen Einblick in ihr inneres Leben bekommen. Sie verbarg ihre Vergangenheit ebenso sorgfältig wie das echte Papageienöl, das sie in einem versiegelten Tresor aufbewahrte. Diese letzten Flaschen waren für sie ein Symbol all der Opfer, die sie für ihren Aufstieg gebracht hatte. Carla hütete sie wie ein Geheimnis – eines, das sie mit niemandem teilen wollte.
Als die Stiftung ihren Höhepunkt erreichte, begann sich eine mysteriöse E-Mail in ihrem Posteingang zu wiederholen. Die Nachrichten stammten von einer anonymen Quelle, die sich als ehemaliger Mitarbeiter der Papageienöl-

Fabrik ausgab. Sie sprachen von den dunklen Anfängen der Produktion, von den illegalen Fängen und den zwielichtigen Händlern, mit denen Carla einst Geschäfte gemacht hatte. Die E-Mails waren präzise und detailliert und enthielten Informationen, die nur jemand wissen konnte, der die internen Vorgänge der frühen Jahre kannte. Carla erkannte, dass jemand die Wahrheit herausgefunden hatte – oder zumindest einen Großteil davon.

Die Drohungen blieben zunächst subtil: der Wunsch, dass sie „endlich die ganze Wahrheit" enthülle, und die Forderung, dass die Stiftung mehr Transparenz über ihre Mittelverwendung zeigen solle. Doch als Carla nicht auf die E-Mails reagierte, wurden die Nachrichten aggressiver. Der anonyme Schreiber verlangte, dass Carla die Papageienöl-Fabrik offiziell als „Entschädigung" an die Stiftung übertrug, um sicherzustellen, dass sie „nicht länger am Blut der Natur verdiene." Carla war zunächst erschüttert, doch dann überkam sie ein unbändiger Ärger. Sie, die ihr ganzes Leben lang ihre Macht gegen jede Widrigkeit behauptet hatte, würde sich nicht von einer anonymen Bedrohung erpressen lassen. Sie beauftragte ihre Anwälte, die Herkunft der E-Mails zu ermitteln, und beschloss, das Problem direkt anzugehen. Doch die Quelle blieb unauffindbar, und die Nachrichten hörten nicht auf.

Schließlich wandte sich Carla an ein spezialisiertes Ermittlerteam, das diskret und mit modernster Technologie die E-Mails zurückverfolgen sollte. Nach wochenlanger

Arbeit spürten die Ermittler die Spur in eine abgelegene Region Südamerikas auf, wo viele der seltenen Papageien einst gefangen worden waren. Die Ironie war nicht zu übersehen: Ausgerechnet in dem Gebiet, das Carla einst für ihre Geschäfte geplündert hatte, verbarg sich jemand, der nun Rache forderte.

Während sich das Netz enger zog, spürte Carla, dass ihre Macht allmählich zu bröckeln begann. Ihre Stiftung, ihr Vermächtnis, stand auf dem Spiel, und sie wusste, dass die Enthüllung ihrer früheren Taten ihre heutige Stellung ruinieren würde. Sie fand sich in einer Position wieder, die sie in all den Jahren sorgfältig vermieden hatte: angreifbar und verwundbar. Die Öffentlichkeit, die ihr mittlerweile vertraute und sie als Wohltäterin feierte, würde einen Skandal niemals verzeihen. Alles, was sie aufgebaut hatte – die Fabrik, die Stiftung, das Vermächtnis des Papageienöls – stand auf dem Spiel.

In einer letzten verzweifelten Aktion entschied sich Carla, selbst nach Südamerika zu reisen. Sie wollte die Person hinter den E-Mails treffen und eine Lösung finden, bevor die Situation außer Kontrolle geriet. Als sie ankam, empfing sie eine raue, fremde Welt, die sie einst nur als Mittel zum Zweck gesehen hatte, die sie aber nun voller Reue betrachtete. In einem kleinen Dorf traf sie schließlich die Person, die ihre Vergangenheit in den Händen hielt: einen älteren Mann, der einst als Vermittler für die illegalen Papageienlieferungen gedient hatte. Er hielt Beweise in Händen, alte Dokumente und Fotos, die Carlas Verstrickung belegen konnten.

Der Mann forderte keine Zahlung und kein Schweigegeld. Stattdessen verlangte er, dass Carla die restlichen Flaschen echten Papageienöls vernichtete und mit ihrer Stiftung ein umfassendes Projekt startete, um die Schäden, die sie einst angerichtet hatte, zu beheben. Das Projekt würde sich darauf konzentrieren, Lebensräume wiederaufzubauen, bedrohte Papageienarten zu schützen und die wirtschaftliche Ausbeutung der Tropenwälder zu verhindern. Carla hatte keine andere Wahl – und vielleicht, tief in ihrem Innersten, wusste sie, dass dies die richtige Entscheidung war.
Zurück in Wittenförden hielt sie ihr Versprechen. Die letzten Flaschen des echten Papageienöls wurden zerstört, und das „Projekt Regenwald" der Schimmer der Natur-Stiftung begann, eines der größten Naturschutzvorhaben der Welt zu werden. Die Nachricht von Carlas neuem Engagement wurde weltweit gefeiert, doch sie wusste, dass es nicht bloß ein PR-Schachzug war. Es war ihr Versuch, die Wunden zu heilen, die sie selbst geschlagen hatte, und das Erbe des Papageienöls zu einem Symbol der Verantwortung und Wiedergutmachung zu machen.
Am Ende war die Papageienöl-Fabrik nicht nur eine Produktionsstätte für Luxus und Schönheit. Sie wurde zu einer Mahnung, dass selbst die schillerndsten Erfolge auf dunklen Fundamenten ruhen können – und dass wahre Größe manchmal darin liegt, Verantwortung zu übernehmen und das Richtige zu tun, auch wenn es schwerfällt.